KB148825

끝없는 시작, 그러니

끝없는 시작, 그러니

1판1쇄 인쇄 | 2020년 9월 20일
1판1쇄 발행 | 2020년 9월 29일
지은이 | 김매희
펴낸이 | 소준선
디자인 | 성혜경
펴낸곳 | 도서출판 세시
출판등록 | 3-553호
주소 | 서울시 마포구 큰우물로 60
전화 | (02) 715-0066
팩스 | (02) 715-0033
ISBN | 978-89-98853-36-5 03810

값 10,000원

|이 책에 사용한 폰트는 (사)세종대왕기념사업회에서 개발한 문화바탕체입니다.|

끝없는 시작, 그러니

김매희 시조집

세시

김매희

시인의 말

오랜 목마름에
먼길 돌아서
이제
꽃봉오리 하나 틔운다.

끝없는 시작, 그러니

2020년 구월
김매희

목차

2부

3부

4부

5부

1부

멈춰도 좋을 시간

겨울을 재촉하는
가을비 내린다

비에 젖은 벤치 위로
낙엽 하나 내려앉아

길 떠날
채비하느라
두런대며 부산하다

살아온 그 날만큼
머리 올 세어가며

일생의 동반자와
황금빛 가을물 드는데

멈춰도
좋을 시간은
앞서가며 당긴다

끝없는 시작

나만의 시간 안에
먹물 향 꺼내놓고

점 하나 찍어 본다
시작이 반이라던가

긴 시간
돌고 돌아도
끝없는 시작을

파도치는 얼굴

은발의 고운 자태
한 세월을 비켜갔나

건너 온 지난한 시간
굽이굽이 돌아서

두고 온
색색의 보따리들
슬쩌거니 들쳐본다

까맣게 묻어둔 세월
얼룩덜룩 저려오며

거죽도 낯빛도
그만그만 하더니

얼굴에
탈바가지 쓴 듯
물결치며 일렁인다

한 줄 글이 고프다

서늘한 바람 이는
호젓한 늦여름 밤

별들도 마실 갔나
어둠에 잠긴 하늘

그대는
왜 아니 오나
길 못 찾아 헤매는가

어디선가 올듯한 님
순간에 무너지고

이어질 듯 끊어지는
그대 향한 이 마음

올 듯이
오지도 않는
한 줄 글이 고프다

철부지 채송화

햇살 바른 담장 아래
철 늦은 채송화

시월의 찬바람에
애처롭게 앉아있네

뭘 하며
늑장 부리다
때 늦어서 피었나

채송화 위에 살포시
내려앉은 단풍잎

서로를 보듬으며
이별을 준비하나

늦도록
철들지 못한
내 모습이 거기 있네

늦은 봄소식

마른 가지 실눈 뜨며
연두빛 소식 물든다

싱그런 젊은 날들
멀뚱히 지나치고

은발이
처연한 즈음
부끄러운 봄소식

휑하니 빈 가슴에
한 줄기 온기 스며들어

벙그런 잔치 마당
흥감해 하련마는

이건 또,
무슨 일인가
짓누르는 무게감

生도 死도 축복

밥알이 넘어가면
찌를 듯 아픈 명치

검진은 마다하고
미음으로 연명하는

구순을
넘긴 어머니
하루하루 사윈다

핏빛 바랜 얼굴색은
벼랑 끝을 넘나들건만

이대로 죽어도, 살아도*
축복이라는 내 엄마

갈라진
마른 음성에
눈시울이 뜨겁다

*生도 歡喜, 死도 歡喜

살아가는 셈법

활짝 핀 자목련이
청초함을 입고있다

고혹한 자태인가
농염한 여인인가

첫눈에
덥썩 들어와
방망이질 해댄다

한세월 피고지고
거스를 이 누구인가

맺히고 풀어내는
아는 듯 모를 셈법

두어라,
인생 한마당
목련꽃이 일깨운다

작은 불씨

갈급증에 허덕이던
굶주린 새 한 마리

감로수 한 방울에
허기를 달래면서

길 잃고
헤매던 가슴
작은 불씨 지핀다

갈피갈피 묻어둔
삶의 먼지 털어내고

설레인 마음으로
시 한 수 읊조리나

아직은
철 이른 땡감
떫은 맛을 어찌하랴

갯벌 잔치

썰물에 드러난 갯벌
자동차 바람벽치고

팬 위에 김치 지짐
말 잔치에 익어간다

삼대三代가
질펀히 앉아
웃음꽃이 만발한다

피조개 캐는 손길
바다 속살 더듬고

살붙이 애틋함은
밀물로 안겨온다

노을에
물든 잔칫상
갈매기도 기웃댄다

빈 의자

전시용 상품인가
창 앞에 놓인 의자

앉아줄 친구 없어
창밖만 내다본다

지난 날
나누던 정담
기억 속에 머문다

창밖에 우쭐대는
키다리 소나무는

온종일 기다려도
눈길 한번 주지 않는

맥없이
졸고 있는 오후
긴 그림자 불러 앉힌다

백년 시간

한 생의 굴곡진 삶
허물로 벗어던지고

남은 자 돌아보지 말고
너울너울 떠나가시오

미련도
안타까움도
불길 속에 잠재우겠소

인간사 백 년 시간
우주의 사초인데

남은 단 일초 시간
결결이 마무새 하고

하루가
천년 같은 날*
거기서 또 만나요

*성서 구절

찻잔에 머문 삶

뜨락의 늦가을 비
겨울을 재촉한다

건너편 담쟁이는
벽화로 그려져서

서너 개
남은 단풍잎
찬비 속에 팔랑인다

커피 향 노을로 번진
다 저녁 헤이리 마을

박물관에 들어앉은
우리네 인생살이

시간도
삶 속에 절어
찻잔 안에 머문다

이 또한

산책길에 하얗게 핀
영산홍이 지천인데

밤사이 누렇게 떠
서리맞은 몰골이다

환하게
반겨주던 너
그 언제쯤 다시 볼까

시절이 수상쩍어
한 치 앞 모를 세상

잇속 없는 근심에
생몸살을 앓았더냐

이 또한
다 지나가리라
부질없는 걱정마라

시간을 짠다

한 코씩 엮어내는
대바늘의 푸른 역사

시간의 씨줄 날줄
세월을 엮어낸다

수없이
마주치는 선線
처음과 끝 어디인가

지난봄 뜨다만 코트
가을 들어 다시 뜬다

화려함도 인내심도
반반씩 곁들여서

갈색 빛
시간을 짠다
명품의 생을 뜬다

2부

손가락 탓

결제 문자 확인 후
버스표가 사라졌다

손가락 탓만 하며
터미널로 뛰어간다

예매 후
취소했다니
아둔하면 고달프다

아날로그 쉰 세대가
디지털로 살아가랴

문자판 두드리나
태반이 생경하다

언제나
한걸음 앞서
내달리는 이 세상

뻥튀기 파는 남자

오늘도 다리 건너
골목 안길 접어들면

간판도 없는 가게
한 남자가 앉아 있다

그 사람
너무 궁금해
호기심이 커간다

어느 날 열린 문안
놀라 슬쩍 훔쳐본다

뻥튀기 세상 속에
컴퓨터 보는 남자

오호라
이 남자 정체
뻥 튀겨서 파는 남자

김광석 거리에서

방천시장 끼고도는
골목길 김광석 거리

요절한 가수의 미소
남겨진 분분한 사연

벽화 속
엘피판에선
애잔하다 서른즈음에*

한 삶이 떠난 자리
모여드는 발걸음들

떠난 이는 알려나
기리는 이 있다는 걸

평생을
안고 온 이름값
뒤에 남을 그 무게

*김광석의 노래

배웅하는 꽃

그녀의 영정 옆에
창백한 국화꽃이

살아낸 삶을 위로하듯
숙연하게 앉아있다

이생 연緣
다 끊어낸 듯
마지막 길 배웅한다

청춘극장

무대의 가수들도
손뼉 치는 방청객도

황혼을 마주하는
노신사 어르신들

오늘 밤
나이는 숫자
흥에 겨운 청춘극장

한때의 그 영화는
꿈의 조각 파편인가

어깨춤이 덩실덩실
서로가 하나 되면

살아온
아린 삶들이
불꽃으로 피어난다

제구실

배불뚝이
빈 된장 독
눈총에
서럽더니

갈대 발
둘러치고
줄난초
받침된다

그제야
당당하게 웃는
친정엄마 품
같은 너

꿈 해몽

침대에 누웠는데
주인이 따로 있단다

허둥대며 비워주고
물 바닥에 앉는 순간

화들짝
놀라 눈뜨니
한바탕 꿈이었다

거센 빗소리에
잠 못 들어 뒤척이다

뜬눈으로 맞은 새벽
꿈들이 산란하다

백일장
장려상 소식
꿈땜을 한 것인가

어떤 이방인의 삶

눈매와 피부색이 그들과 다른 이국에서
그리던 핏줄 찾아 삼십여 년 기다렸다
마침내 생모의 나라 아침 방송에 나왔다

버려진 갓난아기 잃어버린 아이들
전파를 타고 오는 애절한 사연들이
겨울비 내리는 길목 마음속에 침전된다

잃은 것과 버려진 맘 가늠할 수 있겠는가
애끓는 모녀의 정 하늘의 연 닿았으면
검붉게 절은 그 속내 어디에다 헹굴꼬

어디쯤에 계시는지

출근하듯 매일 와서
찬물에 밥 말아 먹던

속 깊고 인정 많던
모자를 즐겨 쓴 여인

어느 날
홀연히 떠나
어디쯤에 계시는지

말못할 사연들을
가슴 깊이 묻어두고

외롭게 웃으시던
안쓰럽던 그 얼굴

불현듯
깊이 들어와
내 마음을 낚는다

묵묵부답

말 폭력
문자 폭력
그보다
더한 것은

빙벽 같은 묵묵부답
핏빛으로 저며온다

된서리
녹일 봄바람
그 묘약은
무엇인가

홀연 떠난 사람

저리도 고운 벚꽃
짓궂은 바람 맞아

천지사방 날린다
발등에 내려앉는다

애틋한
정 남겨두고
떠난다는 말 했을까

한마디 말이라도
건네고 갈 것이지

어느 날 떠나버린
그리운 옛사람아

시리고
아픈 이 마음
어디에다 묻을까

코로나 19

심상찮은 세상 공기
입 막고 숨을 쉰다

죽은 듯 자던 가지에
얼굴 내미는 연둣잎

소식이
두절 되었나
우한폐렴 성하다는

전국으로 번지는 역병
좀비 돼가는 사람들

누구의 책임인가
남의 탓만 계속한다

한번도
겪지 못했던
코로나 속 헤맨다

거짓

바람의
꽃잎처럼
나를 듯이
들뜬 몸짓

불의를
타고 앉아
뻔뻔하게
내리꽂힌다

까짓 껏
부푼 허영심
빵 터질까
두렵다

자화상

연희동
어느 길가
서너평
수상한 가게*

그 앞의 전봇대에
파란 테잎 너덜댄다

이기심
눈감아 버린
너와 나의
자화상

*수상한 가게: 상호

3부

환한 웃음

가랑비 촉촉이 내리는 정류장에

오가는 이 환하게 웃음 짓게 하는 장미꽃

부처가
여기 있었네
길손 마음 펴주는

뜨겁던 더위 날리고 마른 가슴 적셔주는

또르르 떨어지는 꽃자락에 맺힌 빗방울

묻어둔
마음속 말들
꽃송이로 안긴다

능소화 여름

터널 벽
타고 오른
그대는
누구인가

아찔한
여름 한낮
붉은 입술
유혹하는

능소화
풋풋한 사랑
시심 하나
떨군다

두물머리

두 강의 물 머리가
맞닿는 두물머리

한몸으로 스며들어
도도히 흐른 물길

띄우지
못한 황포돗대
사진에서 떠다닌다

천년을 흘러흘러
번창하던 옛 나루터

사람은 간데없고
비석만 우뚝 섰다

물안개
산 하나이고
저녁노을 끌고 간다

11月

가을이 아프게 간다
속울음 삼키며

붉게 충혈되어
떨어지는 낙엽들

기억의
파편 조각을
하나둘씩 물들인다

쟁여둔 가파른 삶
뼛속까지 드러내며

아득한 본향 찾아
길 떠날 채비한다

누구도
동행할 수 없는
한 세대가 떠나간다

봄꽃 멀미

몸가짐 단디해라
꽃들이 수군댄다

춘정난 봄바람이
사방을 더듬는다

또, 하나
보태는 추문
멀미나는 봄 소식

그리움

초겨울 비 내리는
회색빛 거리에서

길 잃은 바람들이
갈 곳 몰라 서성대던

옛사랑
머물던 자리
낙엽들이 흩날린다

가던 길 돌아서며
멈칫대던 발걸음

품지도 내치지도
못하는 마음으로

북풍을
마주하고 선
오매불망 그리움

소나무

창밖에 호위무사
키다리 저 소나무

눈보라 비바람에
역병에도 끄떡없다

절개는
홀로 청청해
하늘처럼 높아진다

인연을 중히 여겨
진심을 다하지만

앞과 뒤 너무 다른
이중성의 세상살이

소나무
참뜻 닮아서
늘 푸르게 살고 싶다

낙엽 정원에서

시린 햇살 받으며
낙엽비 쏟아진다

사모하는 그 마음이
못다한 그 사랑이

황금빛
인연으로 남아
서러워서 목이 멘다

뜰에는 한잎 두잎
내 삶이 떨어진다

살아갈 정원에서
살아낼 힘 키워간다

무성한
말 가지 잘라
진한 향기 피워낸다

덕수궁 돌담길

가을비에 실려서
날개짓 하는 나뭇잎

가슴이 갸웃하며
마른침을 삼킨다

수없이
흔들어 놓았을
뒹구는 낙엽 연정

우수수 낙엽지는
돌담길 걸어가며

젊음의 푸른 꿈들이
물들었던 우리 사랑

연인과
함께 걸었던
그 덕수궁 돌담길

연어처럼

거슬러 올라가면 그 자리에 닿을까요

지나온 고비마다 아픔으로 남을까요

가슴도 물빛 맑은 날 걸어온 길 돌아본다

생명의 근원 찾아 연어처럼 오를까요

다시 가보고 싶은 본능의 힘일까요

그 마음 꽉 막힌 날은 한 하늘을 받아낸다

사람구경 꽃구경

꽃구경 나왔는데
사람 꽃이 넘쳐난다

풍경은 흘러가고
시간은 쫓겨가고

매화꽃
어질머리 앓는
사람구경 꽃구경

하롱베이에서

옥색 빛 바다 물결 선상에서 바라보는
전설의 하롱베이 병풍을 친 기암괴석
한 폭의 수묵화 되어 바다 속 풍경된다

고깔삿갓 쓰고 보니 그럴듯한 방랑시인
시 한 수 흉내내어 풍경 속에 빠져 볼까
아뿔사 어설픈 객기 그만 접어두라 한다

멀어진 뒷모습

유리창 두드리며
가을비가 인사한다

젖은 낙엽카펫이
멀리까지 길을 내는

이 아침
우산 속 코트
마음까지 설렌다

저만치 혼자서
걸어가는 뒷모습

이유 모를 마음 안고
한없이 내려다본다

먼 기억
어딘가에서
다가오는 그 상처

봄 볕 의자

그 겨울 낯선 거리
버려진 의자 하나

오가는 이 외면하는
무관심이 더 추운 날

유배지
설한 북풍을
온몸으로 견뎌낸다

마음이 깎이고 깎인
인고의 삶 뛰어넘어

다듬고 아귀 맞춰
뜰에 바로 앉히니

봄 햇살
너에게로 와
간지럼을 태운다

4부

빛바랜 편지

신혼 때 일기 쓰듯
친정에 보낸 편지

엄마가 간직하다
사십년 후 보내왔다

상자 속
빛바랜 편지
엄마 사랑 찌릿하다

딸 보듯 눈시울 젖어
읽었을 사연들을

부끄러운 마음으로
다시금 읽어 본다

어설픈
신접살림이
스치듯이 아른댄다

늘푼수

낡은 여름 이불이
침대 위에 엎드려

삼십 년을 버티며
세월을 낚고 있다

쉽사리
정 못 떼는 건
알뜰함만 아니겠지

아들이 덮던 이불
애들 얼굴 떠올리며

버리지 못하는 건
자식 체취 때문인가

오늘도
늘푼수 없는
엄마로 살아간다

미련

등대 홀로 외로운 노을빛 바다에
언 바람 흠뻑 맞은 덕장의 오징어는
수중 궁
삶 말리느라 얼차려를 받고있다

오남매 담소에 등댓불은 귀 밝히고
아버지 잔상에 잠 못드는 어머니 맘
그리움
살포시 번져 어둠 하나 불 밝힌다

키다리 아버지

경산역 들어서면
아버지 앉았던 자리

그 주인 어디가고
낯선 이가 앉아 있다

키다리
아버지 사랑
못견디게 그립다

주름진 그 얼굴에
미소가 전부였던

미덥던 그 눈빛이
금방 반길 것 같다

아버지
빈자리 채우는
동생들 정情 살갑다

산딸 나무

다 저녁 하늘공원
산딸나무 지천이다

하얀 꽃 이부자리
신혼방 차려놓고

나무 위
한 쌍의 새들
저녁잠에 들겠다

시집올 때 가져온
수놓은 조각이불

한세월을 덮어 주던
엄마의 깊은 사랑

발그레
물든 귀밑 볼
저녁놀이 선명하다

뒤척인 하룻밤

흐린 눈을 비비며
한밤중 눈을 뜬다

낯선 방 두리번대는
여기가 어디인가

창밖의
장대비 소리
허한 가슴 후려친다

지난밤 만찬 자리
한껏 부푼 분위기에

취중진담 한 마디는
묻어둔 기억 떠올려

동생 집
하룻밤 잠자리
옛 기억에 뒤척인다

알싸한 기억

눈 내린 빈 들녘
집들은 한가롭다

햇살 바른 양지 마을
그리움으로 안겨오며

저 멀리
높고 낮은 산
운무 속에 휘감긴다

오빠 등에 업혀서
강 건너던 아이

누렁이 무서워서
뒤돌아 자지러진다

알싸한
유년의 기억
필름처럼 돌아간다

엄마 보석

병원 침상에 누워 수액 꽂고 잠이 드신
노쇠한 엄마 얼굴 피곤이 피어있다
긴 여정 살아낸 길이 아득하게 얼비친다

끝없는 저 갈구는 누굴 위한 기구인가
기력 다해 몸 졌으나 훌훌 털고 일어나면
그래도 자식을 위해 기도 줄을 다잡겠지

가진 것 다 주어서 껍데기만 남아도
못다 준 그 마음은 목숨마저 주고 싶어
자식을 위한 기도는 보석으로 빛난다

미로찾기

책 속에 꼬불꼬불
미로가 놓여있다

언덕을 넘고 넘어
다리도 건너간다

호기심
많은 주헌이
저만치서 앞서간다

아이는 미로 속에서
제 꿈을 찾았을까

연필로 가던 길을
온몸으로 달리겠지

환하게
펼쳐질 세상
무한 향해 발돋음

천진한 마음

예쁜 그림 그려진 봉투
할머니 품에 안겨준다

별과 무지개 그림 속
I love you 영어 편지

오색의
천진한 마음
사랑해요, 합창한다

삐뚤빼둘 서툰 글씨로
앙증맞은 사랑 고백

속없는 할머니는
입이 귀에 걸린다

오늘도
아인이 마음
하늘 가득 전해온다

빵꽃이 피면

반죽을 만지작대며
아이들은 즐겁다

흰색, 보라 꽃잎이
한 두 잎 빚어지면

아이 맘
엄마 마음에
푸른 꿈이 부푼다

이쁜이 못난이 꽃
솜씨껏 만든 수국

현관 앞 항아리에
빵꽃으로 피어날 때

이국땅
모래바람 타고
날아드는 희소식

장독대 이력

친정집 장독대에
된장 고추장 익어간다

엄마 냄새 익어가듯
구수한 장맛 냄새

손맛은
어림없지만
대를 이어 담아볼까

천리향 단상

천리향 꽃망울이
가지마다 피어난다

따가운 봄 햇살에
자줏빛 물이 들어

아득한
진한 향기가
어머니께 날아간다

코로나 덮친 대구
맘대로 오갈 수 없어

병석의 어머니
못 뵈어 애가 탄다

천리향
늙어야 꽃 피우듯
우리 엄마 냄새다

동행

하늘로 솟아오른 설악산 대청봉이

허리에 구름띠를 바다처럼 펼쳤다

포근히 잠들고 싶은 비단금침 같구나

숨이 차 힘겨울 때 당기고 밀어주며

남편과 함께 오른 그날의 산행길

바람이 구름을 메고 산 하나를 오른다

명 언

겨우내 끼고 살던 거실 바닥 카페트

이 봄이 다 가도록 자리보전 하고 있다

산같이 무거운 것을 땀흘리며 걷어내니

환해진 거실 바닥 실바람 와 눕는다

도와줄 사람 없으니 내 손이 내 딸이라

엄마의 평상시 말씀 명언이라 깨달은 날

큰언니

칠 남매 맏딸인
품이 넓은 우리 언니

형제들 다독이며
평생을 살아냈다

맏이란
그 이름으로
삶의 무게 견뎌냈다

따뜻한 마음으로
쌓인 오해 녹여내고

동생들 다독이며
둥글게 보듬는다

속엣말
풀어낸 언니
만월처럼 환하다

5부

창槍

솔 향이 유혹하는 피정의 집 생태 마을
쭉 뻗은 가지 사이 햇빛이 날카롭다
온몸이 서늘해지는 누각의 이른 아침

티끌을 털어내듯 고해소 주인 되어
닫은 마음 열고 지은 죄를 고백한다
햇살 창槍 환하게 웃으며 가슴 가득 번진다

까치발

연초록 진초록의
옷을 입은 나뭇잎들

설레는 눈빛으로
싱그런 봄 향기를

캔버스
가득 담을까
노트북에 물들일까

썼다가 지웠다가
수백 번 고쳐 쓴 말

산고의 고통으로
온밤을 불을 밝힌

늦깎이
간절한 열망
여념 없는 까치발

일생의 벗

현관문 들어서면
미야오 반겨주는

집냥이 양파가
부비대며 칭얼댄다

온종일
외로웠다고
놀아 달라 눈 맞춘다

시간에 장사 없듯
거울 보듯 너를 보며

일생이 외롭지 않을
멋진 벗을 잡아둔다

가슴을
녹여줄 시와
풍요로운 일상을

먼 후일

박물관 마을이 된
지난날의 삶의 터전

방마다 다른 얼굴로
방문객을 반긴다

빌딩 숲
한켠 골목 안
문화 공간 되었구나

격동의 한 시대에
버팀목이던 인생들

벗어 둔 굴곡진 삶
그림자로 얼비친다

먼 훗날
길잃은 이 시대도
박제되어 전시되겠지

시한부

찜통 속
한여름 밤
숨가쁜
낡은 선풍기

꺽꺽대며 울부짖는 힘겨운 외마디 소리

죽어도
다음 생에는
신바람을 몰고 올까

정오의 미스터리

길섶의 벤치 위에
웅크린 채 잠든 여자

머리맡 펼친 우산
온몸으로 바람막고

오늘도 깊이 잠들었다
노숙자도 아닌데

현실에 잡지 못할
한낮 꿈속 헤맬까

무거운 눈꺼풀이
고단한 삶 떠받든다

팽팽히 눈길 당기는
정오의 미스터리

하루쯤은

무료한 한낮의 거실
눈꺼풀이 천근이다

바닥에 길게 누워
이리저리 뒹굴면서

생각은
하얗게 비우고
껍데기는 늘어진다

시간에 얽매이고
스케줄이 목을 죄는

시계처럼 사는 세상
하루쯤은 멈추고

고단한
날개를 접고
꿀맛 같은 단잠을

희망 화분

단단한 껍질 안에
갇혔던 마음 하나

양 날개 펼치려고
부단히도 애를 쓴다

연약한
무딘 부리로
딱딱한 벽 쪼아 본다

빛 하나 보이지 않는
답답한 어둠 뚫고

촉 하나 세상에 낼
그날을 손꼽으며

맘 안에
뿌리를 내린
희망 하나 키워간다

열 熱

심장에 박힌 가시
열꽃으로 피어났나

상처에 덧난 아픔
끝마다 멍울이다

가슴 속
묻어둔 애증
그 어디에 토할까

내리사랑

맹추위 폭설 속의 그해 겨울 친구네 집

따끈한 아랫목에 두 손 넣어 녹여주신

정 많은 친구 할머니 문득문득 떠오른다

세월 속 나이 들어 손자 보는 할매들

바쁜 삶에 치여서 친구 얼굴 가물하다

잊었던 할머니 기억 손주처럼 웃는다

시샘

시집갈 딸 자랑에
끝없는 사위 칭찬

감칠맛 나는 소식
서울까지 입소문이다

그래도 밉지가 않은
인정 많은 그녀는

사위 사랑 장모라며
원 없이 다 퍼주는

딸이 대세인 시대
얼굴 가득 웃음꽃

딸 없어 속 시린 마음
은근하게 샘낸다

해운대 밤바다

병명도 모를 상처
욱신대며 아려온다

해운대 밤바다는
불빛들의 천국인데

갯바람
모래펄에서
대상포진 경중걸음

일상을 떨쳐내고
탈출한 반란의 날

우매한 자신감은
면역성 저하란다

내 몸에
흐르는 수액
밤바다로 흘러간다

그릇대로

저마다 가는 길이
꽃길만은 아닐진데

주어진 생의 무게
그릇대로 살아낸다

지치고
구겨진 속내
주절대며 달랜 날

詩의 불씨가 낳은 모천회귀母川回歸의 詩

오종문 시인

1

한 시인이 생각에 잠겨 있다. 창밖 벤치에 나뒹구는 낙엽을 두드리는 가을비를 바라보고 있다. 언젠가는 또 다른 생의 길을 떠나는 사람처럼 낙엽들도 부산하다. 그것이 세월이라 여기지만, 그 광경을 물끄러미 바라보는 시인의 머리는 희끗희끗하다. 또 어느 순간 관능적이기까지 한 늦가을 오후의 햇살이 속마음을 훤히 꿰뚫어보는 것 같다. "오늘도/ 늘푼수 없는/ 엄마가 되어"(「늘푼수」)가면서 "살아온 그 날만큼" 머리카락이 희어지고 그 머리카락을 세어가는 동안 "일생의 동반자와/ 황금빛 가을물"(「멈춰도 좋을 시간」)을 들이면서 살아온 세월이다. 한눈 팔지 않고 살아온 삶, 불행하지도 그렇다고 행복한 삶이라고 정의할 수도 없는 삶을 정리하는 중이다. 촘촘하게 못질이 된 것은 삶을 하나씩 하나씩 뽑아내고, 시詩의 뜨락에 떨어지는 따스한 햇살에 말리는 중이다. 시인이 믿는 신의 세계에 아껴둔 눈물까지 다 바치며 눈

부시게 하얀 영혼에 이르고자 한다. 살아오는 동안 짊어진 삶의 무게와 삶의 먼지들 속에서도 굳건하게 버티면서 꿈틀대던 것, 가슴 깊은 곳에 "가둔 향을 꺼내놓고// 점 하나 찍어"보면서 "시작이 반이라"고 스스로를 격려하면서 내딛었던 시인의 길이었다. 이제는 "긴 시간/ 돌고 돌아도" 그 길을 가야만 한다. 궁핍한 영혼에 풍요로움을 더해줄 시에 의지한 채 「끝없는 시작」의 길을 가야 한다.

김매희 시인이 그 길에서 만난 시간과 공간, 온갖 사물들이 어느 순간 싹을 틔우고 시라는 나무로 자랐다. 여린 그 나뭇가지에는 기쁨과 슬픔, 회한이라는 잎들이 태어났다. 특히 가족에 대한 애틋한 그리움들이 나뭇잎 되어 팔랑대고, 가을 뜨락에 떨어지는 햇볕처럼 선명해지면서 피사체의 아름다운 실루엣으로 남았다. 찬란하게 빛났던 청춘은 어느덧 시간 속에 박제되고, 시간을 이기지 못한 세월은 너무나 멀리까지 와 버렸다. 그 경계에서 시를 마주하고, 시를 통해 내면에 살고 있는 또 하나의 자신을 만나기 위해 떠난 길이었다. 왜 살아야 하는지, 미래의 삶은 어떻게 살아야 하는지에 대한 성찰의 시간을 갖기 위해서다. 봄이면 앙증맞게 핀 「채송화」를 보며 늦도록 철 들지 못한 자신을 발견하고, "아찔한/ 여름 한낮"이면 "붉은 입술"로 "유혹하는// 능소화/ 풋풋한 사랑"(「능소화 여름」) 앞에서 시를 쓰고 싶은 마음이 불쑥 일어나기도 하고, 가을이 떠나가면 "기억의/ 파편 조각을/ 하나 둘씩 물들"(「11월」)이면서 "눈보라 비바람에/ 역병에도 끄덕없"는 "소나무/ 참뜻 닮아서/ 늘 푸르게 살고 싶"(「소나무」)다는 꿈을 꾸었다.

이제 김매희 시인은 그 젖은 삶들을 꺼내어 시라는 햇볕에 눈

부시게 말리고자 한다. 아니 추억으로 살아서 반짝이는 것들에게 은유라는 시의 옷을 입혀 세상에 내보내고자 한다. 빛과 어둠이 존재하는 처녀 시조집 『끝없는 시작, 그러니』에 수록된 시편들을 통해 시인의 색깔을 보여주고자 한다. 그리고 "갈색빛/ 시간을 짜"면서 "명품의 생을"(「시간을 짠다」) 만들어가고자 한다.

2

김매희 시인에게 시는 삶의 전부이고, 시를 향해 나아가는 과정은 시편 속에 다른 삶의 형태로 그려진다. 매일 혹은 순간순간 내 안에 들어오는 사물의 이미지를 포착해 시로 만들고, 그 위에 은유의 옷을 입히는 과정을 무사히 건넜기에 시가 도착할 수 있었다. '志'(뜻 지)와 '意'(뜻 의)가 마음을 일으켜 가슴 속에서 시가 자란 것이다. 세속에 찌든 인간들을 진실하고 순수한 마음으로 돌아가게 하는 힘이 바로 시라고 믿었다. 그래서 김매희 시인에게 시는 사람과 사람, 사람과 사회, 나아가서 사람과 자연 간을 연결하고 소통을 시켜주는 중요한 매개체 역할을 한다. 이처럼 시를 향한 그녀의 열정은 많은 시편에서 감지된다.

단단한 껍질 안에
간혔던 마음 하나

양 날개 펼치려고

부단히도 애를 쓴다

연약한
무딘 부리로
딱딱한 벽 쪼아 본다

빛 하나 보이지 않는
답답한 어둠 뚫고

촉 하나 세상에 낼
그날을 손꼽으며

맘 안에
뿌리를 내린
희망 하나 키워간다

「희망 화분」 전문이다. 화분에 심은 꽃씨가 온갖 시련을 극복하고, 싹을 틔워내고 아름다운 꽃을 피워내기를 희망하는 시다. 시인도 꽃씨처럼 단단한 껍질을 깨고 떡잎을 틔워 꽃을 피우는 날을 기다리듯, "단단한 껍질 안에/ 갇"혀 산 마음을 깨고 나와 새로운 세상을 만나고 싶어 한다. 그동안 믿고 따랐던 자아가 아니라 자신을 새롭게 태어나게 해줄 자아의 싹을 틔우기를 희망한다. 성찰을 통해 단단한 껍질 속에 갇힌 과거의 벽을 허물고 새 세상으로 나가고 싶어 한다. 꽃씨가 꽃대를 밀어 올리는데 필요한 것들이 햇볕과 물 등이었다면, 시인에게 새로운 자아의 싹을 틔워준 것은 시라고 말한다. 아직은 덜 여문 시이지만 잘 여문 시 한 편을 만나기 위해 "연약한/ 무딘 부리로/ 딱딱한 벽 쪼"는 작업을 계속할 것이라는 의지를 내보인다. 고통과 노력 위에 시간이 필요하다는 것을 알기에 더 간절하다.

꽃씨가 빛도 들지 않는 어둠 속에서 땅을 뚫고 촉 하나를 올리듯 시인도 단단한 인식의 틀을 깨고자 한다. 안으로는 자신을 위로하거나 성찰하고, 밖으로는 사람들과 공감하는 시를 꽃피우기를 희망한다. "싱그런 젊은 날들/ 멀뚱히 지나치고// 은발이/ 처연한 즈음" 봄소식을 갖고 오듯이 "휑하니 빈 가슴에/ 한 줄기 온기"가 당도하기를 고대한다. 아니 마음을 움직이는 시정詩情이 스며들어 "벙그런 잔치마당"을 즐길 수 있기를 희망한다. 하지만 시인은 그 길이 험난한 길임을 안다. 시를 쓰기 시작하고 본격적인 창작의 길을 걷게 되면서 마음을 짓누르는 "무게감"(「늦은 봄소식」)을 느끼고 있기 때문이다.

서늘한 바람 이는
호젓한 늦여름 밤

별들도 마실 갔나
어둠에 잠긴 하늘

그대는
왜 아니 오나

길 못 찾아 헤매는가

어디선가 올듯한 님
순간에 무너지고

이어질 듯 끊어지는
그대 향한 이 마음

올 듯이
오지도 않는
한 줄 글이 고프다

-「한 줄 글이 고프다」 전문

가슴으로 오지 않는 시심詩心을 착상시키려는 고뇌를 엿볼 수 있는 작품이다. 시가 쉽게 오지 않는 안타까운 마음과 시 한 편을 얻기 위한 열망의 뜨거움, 시 한 편을 완성하기 위해 고뇌하는 시인의 마음과 시를 향한 집념을 읽을 수 있다. 첫 느낌의 시적 이미지는 서늘한 바람이 불어오는 늦여름 밤으로, 마당 평상 위에 앉아서 사랑하는 사람 혹은 그리운 사람을 기다리는 간절한 마음을 표현한 시처럼 느껴진다. 하지만 둘째 수 종장 "올 듯이/ 오지도 않는/ 한 줄 글이 고프다"가 말해 주듯, 첫 수의 종장 '그대'를 '시'로 환치시키면 그 답이 나온다. 시를 향한 열망을 "갈급증에 허덕이던/ 굶주린 새 한 마리"로 비유하면서, 시를 갈망하는 허기와 목마름을 시원하게 적셔주는 그 감정이 "길 잃고/ 헤매던 가슴"에 시라는 작은 불씨로 일어난 것이다. 그리고 그 시를 통해 "갈피갈피 묻어둔/ 삶의 먼지"를 다 털어내는 설레는 마음으로 시를 쓴다. 하지만 "아직은/ 철 이른 땡감"처럼 작품의 맛이 떫다는 사실을 고백한다. "떫은맛을 어찌하랴"(「작은 불씨」)라는 이 고백에는, 떫으면 떫은 대로 그 맛과 쓰임새가 있고, 때가 되면 그 떫은 맛도 잘 익어 사람들이 좋아하는 맛, 즉 공감하는 시를 쓸 수 있다는 열정을 보여준다.

그런가 하면 「까치발」이라는 작품에서는 늦깎이 시인의 시를 향한 열정을 읽을 수 있다. "연초록 진초록의/ 옷을 입은 나뭇잎들"이 싱그러운 봄 향기를 전해주는 날, 그 봄을 캔버스에 그림으로 담아낼까 아니면 노트북에 시로 담아낼까를 고민한다. 그러나 결국은 화폭에 담는 것을 접고 "산고의 고통으로/ 온밤을 불" 밝히고 "썼다가 지웠다가/ 수백 번" 고쳐 쓰는 시인의 길을 택한 길이었다. 그렇지만 시인의 마음은 흐트러짐이 없다. 하롱베이에서 만난 아름다운 풍광을 주체 못해 "시 한 수 흉내 내어 풍경 속에 빠져 볼까"라면서 자만에 빠지지 않고, 이내 안이한 마음을 다잡고 "아뿔싸 어설픈 객기 그만 접어두라"(「하롱베이」)면서 겸손의 낮은 자세를 취한다. 시를 대하는 이 같은 자세는 한층 더 성숙되어 우리 앞에 선보인다.

일생이 외롭지 않을
멋진 벗을 잡아둔다

가슴을

녹여줄 시와

풍요로운 일상을

―「일생의 벗」 둘째 수

김매희 시인은 시인의 길을 걷게 된 것을 일생 최대의 기쁨으로 여긴다. 비로소 그녀의 인생에 마음의 평화가 깃든 것이다. 이제는 남은 "일생이 외롭지 않"게 시의 벗과 함께 동행을 할 것이다. 희로애락을 함께 할 수 있는 지기知己를 만났으니 더는 부러울 게 없다. 다만 너무 늦게 시작한 시인의 길이라 그 기쁨을 누릴 시간이 많지 않기에 더욱 간절하다. "시간에 장사 없듯/ 거울 보듯" "가슴을/ 녹여줄 시"가 있어 "풍요로운 일상"의 기쁨을 누린다고 말한다. 시가 시인의 마음에 평화를 주고, 세상을 긍정적인 눈으로 바라볼 수 있는 힘을 주었다. 힘들고 고달픈 세상의 삶이 아니라, 늦게 설계한 삶이지만 그 어떤 것보다도 멋진 삶을 살아가고자 한다. 그 긍정의 힘과 시선은 그녀가 만나는 세상과 사람, 사물, 자연 등을 아름다운 빛깔로, 깊은 삶의 지혜로 토해낸다. 누에가 명주실을 뽑아내 고추를 잣듯 김매희 시인 또한 시의 집을 지으면서 누군가를 위로하고 위안 받는 삶의 살림살이를 가득 채워 넣는다.

3

김매희 시인의 삶은 김매희 시인의 것이다. 그녀가 원하는 길이었기에 불평불만 없이 시인의 삶을 살 수 있다. 그리고 언젠가

삶의 이야기를 한 권의 시집 속에 담아 모든 이에게 보여주는 것, 그것이 시인의 숙명이자 사명이다. 아직은 익숙하지 않지만 자신이 개척한 시인의 길을 묵묵히 가는 것이 최선이다. 한 발 더 앞으로 나아가야 할지, 아니면 한 걸음 뒤로 물러나야 할지를 알 수 없는 때, 삶의 무게를 어디쯤에 던져주고 적절한 쉼표를 언제 어디에 찍어야 하는지를 알아가는 길이다. 스스로를 경계하면서 마음을 다잡고, 과신하지 않고 차분하게 자신만의 목소리를 찾아 시인의 길을 가는 것이다.

거슬러 올라가면 그 자리에 닿을까요

지나온 고비마다 아픔으로 남을까요

가슴도 물빛 맑은 날 걸어온 길 돌아본다

생명의 근원 찾아 연어처럼 오를까요

다시 가보고 싶은 본능의 힘일까요

그 마음 꽉 막힌 날은 한 하늘을 받아낸다

– 「연어처럼」 전문

연어가 모천회귀하는 생의 순환을 읽는 듯하다. 시인은 이 시를 통해 태어나고 사랑하고 어려움을 헤쳐 나가고 스스로 성장해

나가는 연어의 삶이 인간의 삶과 결코 다르지 않다고 말한다. 태어난 강을 떠난 치어들이 먼 알래스카나 베링 해 등에서 성장한 후 되돌아오는 그 과정은 한 편의 인생 드라마다. 부모가 그랬던 것처럼 고향으로 돌아와 일생에 단 한 번 자신의 분신인 수천 개의 살굿빛 알을 낳고 수정한 뒤 삶의 모든 에너지를 자연에 돌려주는 모성의 사무침이 있기 때문이다. 그래서 시인은 연어라는 말에 그리움을 느끼면서 연어의 독특한 생의 순환을 경이롭게 읽었는지도 모른다. "거슬러 올라가면 그 자리에 닿을까요// 지나온 고비마다 아픔으로 남을까요"하면서 "생명의 근원 찾아" "본능의 힘"으로 태어난 곳으로 돌아와 일생을 마치는 연어의 삶에 이입된다. 돌아와 분신을 남기고 생을 마치는 연어의 일생이 감동인 것처럼, 시인은 연어와 같은 삶을 살고 싶은 것이다.

또한 김매희 시인은 「정오의 미스터리」를 통해 현대사회가 물질적 풍요로움과 다양한 선택의 자유에도 불구하고 내면적으로는 정신적인 결핍감에 시달리고 있음을 보여준다. 세상에 적응하지 못하고 아파하는 사람들까지 따듯한 시선을 보내면서 껴안으려고 한다. 아니 그 어떤 이유에서건 "벤치 위에/ 웅크린 채 잠든 여자", "노숙자도 아닌" 여자가 부적응한 현실을 살아가는데 대한 따가운 시선을 던지기도 한다. 그런가 하면 "오늘 밤/ 나이는 숫자/ 흥에 겨운" 「청춘극장」을 보면서 황혼을 마주한 노인들의 삶을 되돌아보고, 전 세계를 혼란 속에 빠트린 채 10개월째 계속되는 「코로나 19」를 통해 "죽은 듯/ 잠자던 세상"에 마치 사람들이 좀비처럼 행동하는 현실을 안타깝게 인식하기도 한다. 그리고 정보사회에 쉽게 적응하지 못하는 세대를 풍자한 「손가락 탓」에서는,

“아날로그 쉰 세대가/ 디지털로 살아가”는, “언제나/ 한 걸음 앞서 / 내달리는 이 세상”에 적응하려는 안쓰러움도 내보인다. 그렇다고 어떤 거창한 삶을 바라거나 희망하지 않는다. 비록 꽃길이 아닐지라도, “주어진 생의 무게”를 자신에게 주어진 그릇만큼 넘치지도 부족하지도 않는 삶을 살아가려고 한다.

저마다 가는 길이
꽃길만은 아닐 진데

주어진 생의 무게
그릇대로 살아낸다

지치고
구겨진 속내
주절대며 달랜 날

－「그릇대로」 전문

4

가족은 인간사회를 지탱하는 가장 견고하고도 핵심적인 구성체이다. 아버지와 어머니 그리고 형제들과 자식으로 맺어진 오늘날의 가족 구도는 누구도 부정할 수 없는 인간적인 가치의 출발점이자 귀속점이다. 그러나 자본주의의 물결과 세계화의 거친 풍랑은 이 소중한 정신적 안식처마저도 뿌리째 흔들어대면서 '오늘날 가족이 존재하는가?'라고 묻는다. 퀴리 부인은 "가족들이 서로 맺어져 하나가 되어 있다는 것이 정말 이 세상에서의 유일한 행복이다"라고 했으며, 톨스토이는 "모든 행복한 가족들은 서로 서로 닮은 데가 많다. 그러나 모든 불행한 가족은 그 자신의 독특한 방법으로 불행하다"라고 가족에 대한 정의를 내렸다. 그렇다면 김매희 시인이 생각하는 가족은 무엇이며, 그녀의 삶이 그려낸 가족의 색깔은 어떤 이미지일까.

먼저 가족의 유대감을 형성하는 중요한 구심점이고, 자식들의 인격 형성에 중요한 영향을 미친 시인의 아버지에 대한 이미지를 만나보자.

경산역 들어서면
아버지 앉았던 자리

그 주인 어디가고
낯선 이가 앉아 있다

키다리
아버지 사랑
못 견디게 그립다

주름진 그 얼굴에
미소가 전부였던

미덥던 그 눈빛이
금방 반길 것 같다

아버지
빈자리 채우는
동생들 정情 살갑다

－「키다리 아버지」 전문

김매희 시인에게 경산역은 아버지와의 추억이 담긴 남다른 장소이다. 아버지는 일평생 교육자로 일선에 계셨으며, 교장 퇴임 후에는 대구에서 경산으로 생활 터전을 옮겨 노후를 편안하게 지내시다 생을 마감한 분이시다. 이 경산역은 시인이 부모님을 뵙기 위해 경산역으로 내려올 때마다 아버지가 마중을 나오고 배웅해 주던 장소이다. 그런데 지금은 그 마중과 배웅을 받을 수 없다. 키다리 아버지가 앉아 있던 자리, 그 자리에 주인처럼 앉아 있던 아버지는 없고 이제는 "낯선 이가 앉아 있다." 생전에 너무 많은 사랑을 받았기에 아버지의 부재는 큰 산 하나가 허물린 것 같은 충격이었기에 그리워하는 마음은 배가 된다. 그녀는 경산역을 찾을 때마다 아버지가 앉아서 기다리던 그 자리를 바라보게 될 것이다. 그리고 그때마다 "주름진 그 얼굴에/ 미소가 전부였"지만, "미더운 그 눈빛이" 금방이라도 자신을 반길 것 같은 아버지를 만날 것이다. 아버지가 없는 그 빈자리를 동생들이 대신하고 있지만 생전에 베풀어준 아버지의 살가운 정을 대신할 수는 없다. 아버지와 맏딸의 관계는 그 무엇으로도 쉽게 설명할 수 없는 마음들이 작용

한다. 시인에게 아버지는 자식을 낳았다는 이유 때문에 획득할 수 있는 단순한 호칭이 아니라 정신적인 결속력을 가져다 준 사람이다. 그렇기에 시인은 엄격한 유교 전통의 절대적인 권위를 다 버린 아버지를 위한 짧고 강한 헌시를 바친다. 어쩌면 할 말이 너무 많아 혹은 차마 그 그리움을 더는 시로 담아낼 수 없어 시인은 그 그리움을 어머니에게 대신 전하는 것은 아닐까.

신혼 때 일기 쓰듯
친정에 보낸 편지

엄마가 간직하다
사십년 후 보내왔다

상자속
빛바랜 편지
엄마 사랑 찌릿하다

딸 보듯 눈시울 젖어
읽었을 사연들을

부끄러운 마음으로
다시금 읽어 본다

어설픈
신접살림이

스치듯이 아른댄다

－「빛바랜 편지」 전문

40년 된 오래 된 편지 속에 담긴 한 편의 인생 동화를 읽는다. 이 시는 신혼 때 멀리 계시는 그리운 친정 어머니에게 편지를 쓰면서 위안과 평화, 용기를 얻으면서 버텨낸 모녀의 삶을 소환하는 것 같다. 어머니의 안부를 묻고 건강을 걱정하면서 버팀목으로 여기고 살았던 신혼 시절의 삶의 이야기가 담긴 편지, 어머니는 한 통도 버리지 않고 모아두었다가 40년의 세월이 흐른 후에야 딸에게 되돌려준 편지에 대한 사연이 시의 행간 행간에 피어난다. 시인의 눈물은 물론 시인의 눈물을 사랑으로 혹은 애틋함으로 읽었을 어머니의 사랑까지 전해진다. 시인은 오래 된 그 편지 상자를 받는 순간 어머니의 무한 사랑을 다시금 느꼈을 것이다. "딸 보듯 눈시울 젖어/ 읽었을 사연들을"이라는 구절에서는 그만 눈앞이 아득해진다. 신혼 시절의 일상을 어머니에게 보고하듯 쓴 편지, 철없는 어린애의 투정처럼 어리광부린 내용들은 어머니의 마음을 더 애틋하게 했을 것이라는 사실을 깨닫는 순간 시인의 마음을 온통 휘저어 놓는다. 곱고 고운 어머니 얼굴은 온 데 간 데 없고 이제는 밥알도 쉽게 넘기지 못하는 "구순을/ 넘긴 어머니"를 마주하는 시인의 마음은 찢어질 듯 아플 것이다. 그것도 미음으로만 버티면서 핏빛 바랜 얼굴색으로 "벼랑 끝을 넘나"드는 어머니다. 한사코 병원에 가는 것을 거부하고 남은 생을 받아들이는 의연한 마음, "이대로 죽어도, 살아도/ 축복이라는"(「生도 死도 축복」) 어머니의 거룩한 마음을 읽는다.

이처럼 김매희 시인은 끊을 수 없는 친정 어머니와의 관계를 다양한 이미지로 그려내고 있다. 저녁 무렵 하늘공원에 하얗게 핀 산딸나무 꽃에 한 쌍의 새가 깃드는 것을 보면서 신혼방을 차렸던 첫날밤을 소환하기도 하고, 시집 올 때 혼수로 장만해온 "조각 이불"을 떠올리면서 "엄마의 깊은 사랑"을 읽고, 공원을 물들이는 저녁놀처럼 자신의 얼굴이 붉어지는 추억에 젖기도 한다. 또 「제 구실」이란 작품에서는 어머니의 손맛을 그려낸다. 어머니의 손맛이 구수하게 풍겼던 "배불뚝이/빈 된장 독"을 보면서, 이제는 당신 딸이 가족을 위해 그 빈 독에 된장 담그는 모습을 보면 친정 어머니가 환히 웃을 것이라고 믿는다. 또 거실의 낡은 카펫을 청소하면서도 "도와줄 사람 없으니 내 손이 내 딸이라"는 평상시 내뱉듯 하는 말 한마디 한마디가 뼈에 사무치도록 와 닿는 "명언이라 깨"(「명언」)달으며 존경심을 표현한다. 그러나 "병원 침상에 누워 수액 꽂고 잠이 드신/ 노쇠한 엄마 얼굴"을 바라보는 시인의 마음은 착잡하다. 깊게 팬 얼굴에서 긴 여정의 삶을 살아낸 강인한 삶을 읽는다. 그 삶 속에는 당신이 아닌 오로지 자식들을 위한 기도의 삶만 있다면서, 다시 건강을 되찾아도 오남매를 위해 또 다시 기도할 것이라는 것을 안다. 자식을 위한 어머니의 사랑이 거룩하고, 자식 위한 희생을 잘 알기에 시인은 "가진 것 다 주어서 껍데기만 남아도/ 못다 준 그 마음은 목숨마저 주고 싶어/ 자식을 위한 기도는 보석으로 빛난다"(「엄마 보석」)고 말한다. 또 "늙어야 꽃 피우"는 천리향을 보면서 "우리 엄마 냄새"(「천리향 단상」)가 난다면서 병석에 누워 계신 어머니를 찾아뵙지 못하는 안타까운 현실을 천 리까지 간다는 천리향에 실어 안부를 전하기도 한다.

그렇다고 김매희 시인이 아버지에 대한 그리움과 어머니의 절대적이고 순교자적인 사랑만을 시로 표출한 것은 아니다. 시인이 꿈꾸는 가족은 김치전을 지지면서 "삼대三代가/ 질펀히 앉아/ 웃음꽃이 만발"하는 따듯한 가족애이고, 피조개를 캐는 가족들을 보면서 살붙이에 대한 애틋함이 "밀물로 안겨"(「갯벌 잔치」)오는 기쁨을 느끼는 일이다. 이 기쁜 날 속에는 생전의 아버지가 어머니와 함께 오남매를 데리고 자주 가던 곳, 오남매가 도란도란 나누는 말소리에 등댓불까지도 귀를 기울여 듣던 장소, "아버지 잔상에 잠 못 드는 어머니"의 마음에 "그리움/ 살포시 번져"(「미련」)나는 행복감을 안겨주기 위해 떠난 추억 여행과 "숨이 차 힘겨울 때 당기고 밀어주"면서 "남편과 함께 오른 그날의 산행길"(「동행」) 설악산 대청봉의 추억이 있다. 또 손자와 함께 「미로 찾기」 놀이를 통해, 손주가 어른이 되어서도 "연필로 가던 길을/ 온몸으로 달리"면서 세상을 헤매지 않고 미로를 잘 헤쳐 나가기를 희망하는 마음을 담기도 한다. 그런가하면 "별과 무지개 그림 속/ I love you 영어 편지"를 "삐뚤빼뚤 서툰 글씨로" 사랑 고백을 하는 손주들 앞에서 부끄러움도 없이 천진난만하게 "속없는 할머니"(「천진한 마음」)가 되어가는 마음도 숨기지 않는다. 그렇다. 가족은 언제나 직설법으로 말하는 사이다. 가족이 아닌 사람들에게는 절대로 하지 않는 날것의 말을 내뱉고 돌려받는 관계가 바로 가족이다. 그래서 후련하고 가까운 사이이기도 하지만, 또 그렇기 때문에 서로에게 상처를 주는 존재이다. 그래서 시인은 혹여 자신도 모르는 사이 가족들에게 상처를 주지는 않았을까 조심스러워하면서 시를 통해 감사하고 고마운 마음을 표현한다.

5

김매희 시인의 시조집 『끝없는 시작, 그러니』에 수록된 작품을 통해 시인의 거칠고도 부드러운 숨소리를 듣는다. 적당한 거리를 두고 시를 읽어야만 시의 행간에 담긴 시인의 마음을 읽을 수 있기 때문이다. 김매희 시인은 주변의 모든 사물을 시라는 틀에 넣어 독특한 감성을 묘사하고 형상화한다. 또 시에 대한 예의와 시를 향한 열정이 맛깔난 시로 표현된다. 가슴 깊은 곳에 오랜 시간 동안 묵힌 시적 감수성 때문인지도 모른다. 그렇기에 시는 때가 묻지 않았고, 하얀 도화지 위에 많은 감성들을 담아낼 수 있는 미래가 있다. 이 시조집에는 인생의 뜨락에 내린 삶의 순간들이 시의 꽃으로 피어나 풍성하게 하고, 열정으로 불타오르는 심상들이 정선된 언어로 행간 행간을 채워가고 있으며, 시를 향한 엄청난 에너지가 완전한 몰입 속으로 이끈다. 그 과정이 마치 연어가 모천으로 가는 길처럼 험난한 시험의 연속처럼 느껴진다. 그렇기에 눈물을 수반한 그리움은 시인과 하나가 될 수 있다. 아니 그 그리움은 모두 똑같이 정서적으로 반응되지 않기에 시에 대한 목마름으로 타오른다. 그 목마름은 시詩의 불씨가 되어 모천회귀母川回歸의 시로 꽃피운다. 이제는 그 꽃들을 더욱 풍성하게 오래도록 간직하기 위해서는 자신의 삶을 사랑하고 자주적으로 살아가는 일이다. 세상을 향해 당당하게 내보일 자신만의 시를 찾아가는 여행에서 정말 완벽하고, 정말 행복한 삶을 만끽하기를 기대한다.